1904. Mars 7

VENTE

Du Lundi 7 Mars 1904

HOTEL DROUOT, SALLE N° 10

à deux heures précises

Estampes Anciennes

DU XVIIIe SIÈCLE

EN NOIR ET EN COULEURS

TABLEAUX, par E. BOUDIN

DESSIN, PAR FANTIN-LATOUR

AQUARELLES ET DESSINS, par F. ROPS

COMMISSAIRE-PRISEUR

Me MAURICE DELESTRE

5, rue Saint-Georges

EXPERTS

MM. PAULME et B. LASQUIN FILS

10, rue Chauchat 12, rue Laffitte

CATALOGUE

DES

ESTAMPES ANCIENNES

DU XVIIIe SIÈCLE

EN NOIR ET EN COULEURS

Par ou d'après :

ALIX, AUBRY, BAUDOUIN, BOILLY, BONNET, BOSIO, BOUCHER, CARESME, CHALLE, COCHIN, DEBUCOURT, DEMARTEAU, DUGOURE, DUTAILLY, EISEN, FRAGONARD, FREUDEBERG, GREUZE, HUET, JANINET, JEAURAT, LAWREINCE, LE BEL, LE CŒUR, LONGUEIL, MARIN, MIXELLE, MOREAU LE JEUNE, MOITTE, MONNET, MOUCHET, QUEVERDO, RUSSELL, VERNET, VANLOO, WATTEAU, ETC., ETC.

TROIS TABLEAUX, PAR BOUDIN

DESSIN, PAR FANTIN-LATOUR

AQUARELLES ET DESSINS, par Félicien ROPS

DONT LA VENTE, AUX ENCHÈRES PUBLIQUES, AURA LIEU

HOTEL DROUOT, SALLE N° 10

LE LUNDI 7 MARS 1904

à deux heures précises

COMMISSAIRE-PRISEUR	EXPERTS
Me MAURICE DELESTRE	**MM. PAULME et LASQUIN FILS**
5, rue Saint-Georges	10, rue Chauchat 12, rue Laffitte

EXPOSITION PUBLIQUE

Le Dimanche 6 Mars 1904, de 1 heure 1/2 à 5 heures 1/2

CONDITIONS DE LA VENTE

Elle se fera expressément au comptant.

Les acquéreurs paieront *dix pour cent* en sus des prix d'adjudication.

L'exposition mettant le public à même de se rendre compte de l'état et de la nature des objets, il ne sera admis aucune réclamation, une fois l'adjudication prononcée.

Pour les estampes, on suivra l'ordre numérique du Catalogue.

Les experts se réservent, dans l'intérêt de la vente, de réunir ou diviser les lots.

AVIS

MM. les Amateurs pourront visiter la Collection, les **Vendredi 4** et **Samedi 5 Mars, chez MM. LASQUIN Fils, 12, rue Laffitte.**

Paris. — Imp. de l'Art, F. Moreau et Cie, 41, rue de la Victoire.

DÉSIGNATION

TABLEAUX

BOUDIN (E.)

1 — VENISE. Canal de la Giudecca.

Signé et daté : *Juin 93.*

Toile. Haut., 50 cent; larg., 75 cent.

A figuré à l'Exposition EUG. BOUDIN, *à l'Ecole des Beaux-Arts en 1899.*

BOUDIN (E.)

2 — TROUVILLE. Les Jetées, à marée basse.

Signé et daté : *89.*

Panneau. Haut., 36 cent.: larg.: 27 cent.

BOUDIN (E.)

3 — TROUVILLE. Le Port, à marée haute.

Signé.

Panneau. Haut., 26 cent.; larg., 21 cent.

AQUARELLES, DESSINS

FANTIN-LATOUR

4 — NYMPHES.

Important dessin signé en bas à gauche.

Haut., 44 cent.; larg., 31 cent.

ROPS (FÉLICIEN)

5 — L'EXPERTE EN DENTELLES. Hollande, sep. 73.

Elle est assise, de profil à gauche, coiffée d'un bonnet, la dentellière tient sa lampe dans la main gauche.

Dessin au crayon noir, rehaussé de blanc.

Signé du monogramme.

Haut., 30 cent.; larg., 21 cent.

ROPS (FÉLICIEN)

6 — IMPUDENCE.

Elle est debout, n'ayant que ses bas et sa chemise qu'elle a relevée jusque sous les seins et qu'elle retient sur les hanches pour se mirer dans une glace au revers de laquelle on voit un singe accroupi.

Beau dessin au crayon noir, à l'aquarelle et rehaussé de blanc.

Signé des initiales.

Haut., 25 cent.; larg , 17 cent.

ROPS (Félicien)

7 — Le Démon de la coquetterie.

Elle est debout, de trois quarts à droite, et se mire dans une glace; en chapeau, le corsage dégrafé, la poitrine nue, et achevant de dévêtir sa robe, laissant voir son corps sous la transparence de la chemise.

Beau dessin au crayon noir et à l'aquarelle.

Signé, en bas, à gauche.

Haut., 27 cent.; larg., 15 cent.

ROPS (Félicien)

8 — Parisine.

Debout, vue à mi-jambes, de profil à gauche; le bras droit est appuyé et de sa main tient un éventail sur lequel le visage se profile.

Dessin à la plume et au crayon, rehaussé d'aquarelle.

Signé et daté : *Trouville 76.*

Haut., 24 cent.; larg., 17 cent.

ROPS (Félicien)

9 — La Femme a l'éventail de plumes noires.

Elle est vue de profil, très décolletée, appuyée et tenant en sa main gauche un éventail de plumes noires entr'ouvert.

Dessin au crayon noir et aquarelle avec rehauts de blanc.

Signé et daté : *Paris 76,*

Haut., 20 cent.; larg., 14 cent.

ROPS (Félicien)

10 — La Femme au masque.

Vue en buste, décolletée de trois quarts à droite, la tête appuyée sur le bras droit, son loup à dentelle remonté au-dessus du front.

Importante aquarelle sur crayon.

Signée et datée : *79*.

Haut., 28 cent.; larg., 21 cent.

ROPS (Félicien)

11 — La Folie et la Prostitution dominent le monde.

Dessin au crayon noir et mine de plomb.

Signé du monogramme.

Haut., 25 cent.; larg., 19 cent.

ROPS (Félicien)

12 — Celle qui fait celle qui lit Musset.

Une fille est assise sur une chaise, de trois quarts à gauche, le bras replié, un doigt sur la bouche.

Dessin au crayon noir et lavis.

En bas, à droite, on lit : *Parc Monceau* et la signature.

Haut., 20 cent.; larg., 14 cent.

ROPS (Félicien)

13 — Dans la Püsta. (La grande composition avec le paysage aride.)

Femme portant un enfant dans ses bras, enveloppée d'un grand voile blanc.

Dessin au crayon, rehaussé de blanc.

Signé et daté : *1879.*

Haut., 32 cent.; larg., 24 cent.

ROPS (Félicien)

14 — La Moisson. (Pour illustrer un ouvrage de Piédagnel.)

Deux paysannes accroupies liant les gerbes de blé. Dans le fond, silhouette du village.

Dessin au crayon noir, rehaussé de blanc.

Signé du monogramme et daté : *73.*

Haut., 22 cent.; larg., 15 cent.

ROPS (Félicien)

15 — Les Laveuses. (Buée d'automne.)

Groupe de six laveuses au bord d'une petite rivière.

Dessin à la plume.

Signé et daté : *1882.*

Haut., 23 cent.; larg., 14 cent.

ESTAMPES DU XVIIIe SIÈCLE

EN NOIR ET EN COULEURS

ALIX (P.-M.)

16 — Madame Saint-Aubin, du théâtre de l'Opéra-Comique. In-fol., d'après Garneray. Joli portrait ovale sur fond marbré. Dans le bas; sujet représentant la scène IV d'Ambroise, jouée par Mme Saint-Aubin.

Superbe épreuve imprimée en couleurs. Marges.

AUBRY (D'après E.)

17 — L'Abus de la Crédulité. In-fol. en travers, par Delaunay.

Très belle épreuve, avec les armes et la dédicace à la Marquise d'Ambert, la première adresse du graveur et A. P. D. R. Marges.

18 — La même estampe.

Très belle épreuve; la dédicace est effacée, ainsi que A. P. D. R. et l'adresse de de Launay changée. Marges.

AUBRY (D'après E.)

19 — La Reconnaissance de Fonrose, sujet tiré de la Bergère des Alpes. In-fol. en travers, par de Launay.

Superbe épreuve, avec toutes ses marges.

BARTOLOZZI (Par et d'après F.)

20 — Love. Petit in-fol. en travers.

Très belle épreuve imprimée en sanguine. Marges.

BAUDOUIN (D'après P.-A.)

21 — Les Amants surpris. — Les Amours champêtres. (E. B., nos 3 et 7.) Deux pièces in-fol. faisant pendants, par Choffard.

Très belles épreuves. Petites marges.

BAUDOUIN (D'après P.-A.)

22 — L'Amour a l'Épreuve. (E. B., no 5.) In-fol., par Beauvarlet.

Belle épreuve, avec toutes ses marges.

BAUDOUIN (D'après P.-A.)

23 — Annette et Lubin. — Les Cerises. (E. B., nos 9 et 13.) Deux pièces in-fol. faisant pendants, par N. Ponce.

Superbes épreuves, avec l'adresse de l'auteur. Grandes marges.

BAUDOUIN (D'après P.-A.)

24 — Le Danger du Tète-a-Tète. (E. B., no 18.) In-fol., par Simonet.

Superbe épreuve, avec grandes marges.

BAUDOUIN (D'après P.-A.)

25 — L'Enlèvement nocturne. (E. B., n° 20.) In-fol., par N. Ponce.

Superbe et ancienne épreuve, avec l'adresse de l'auteur. Grandes marges.

BAUDOUIN (D'après P.-A.)

26 — L'Épouse indiscrète. — La Sentinelle en défaut. (E. B., nos 21 et 44.) Deux pièces in-fol. faisant pendants, par de Launay.

Très belles épreuves avec l'adresse de l'auteur, avec *Privilège du Roi* et à grandes marges.

BAUDOUIN (D'après P.-A.)

27 — Le Fruit de l'Amour secret. (E. B., n° 23.) In-fol., par Voyez junior.

Superbe épreuve, avec toutes ses marges.

BAUDOUIN (D'après P.-A.)

28 — Le Léger vêtement. (E. B., n° 28.) Petit in-fol., par Chevillet.

Belle épreuve. Petites marges.

BAUDOUIN (D'après P.-A.)

29 — Le Midi. (E. B., n° 33.) In-fol., par de Ghendt.

Très belle et ancienne épreuve. Grandes marges.

BAUDOUIN (D'après P.-A.)

30 — Le Modèle honnête. (E. B., n° 34.) In-fol., par J.-M. Moreau le Jeune et Simonet.

Très belle épreuve. Marges.

BAUDOUIN (D'après P.-A.)

31 — La Nuit. (E. B., n° 35.) In-fol., par de Ghendt.

Superbe épreuve avant toutes lettres et avec la tablette blanche. Marges.

BAUDOUIN (D'après P.-A.)

32 — Le Poète Anacréon. (E. B., n° 38.) In-fol. en travers, par de Launay.

Superbe épreuve, avec toutes ses marges.

BAUDOUIN (D'après P.-A.)

33 — La Rencontre dangereuse. (E. B., n° 40.) In-fol., par Le Veau.

Très belle épreuve. Marges.

BAUDOUIN (D'après P.-A.)

34 — Rose et Colas. (E. B., n° 42.) In-fol., par Simonet.

Très belle épreuve. Petites marges.

BAUDOUIN (D'après P.-A.)

35 — Les Soins tardifs. (E. B., n° 45.) In-fol., par de Launay.

Très belle épreuve, avec l'adresse de l'auteur. Grandes marges.

BAUDOIN (D'après P. A.)

36 — La Toilette. (E. B., nº 48.) In-fol., par N. Ponce.

Très belle épreuve. Petites marges.

BOILLY (D'après L.)

37 — Ah ! Ah ! Qu'il est sot. In-fol. en travers, par Petit.

Très belle épreuve. Marges.

BOILLY (D'après L.)

38 — L'Amant favorisé. In-fol., par Chaponnier.

Très belle épreuve en couleurs. Marges.

BOILLY (D'après L.)

39 — L'Amant musicien. — L'Amant poète. Deux pièces in-fol. faisant pendants, par Levilly.

Très belles épreuves *imprimées en couleurs*. Marges.

BOILLY (D'après L.)

40 — L'Amusement de la Campagne. In-fol., par Tresca.

Très belle épreuve *imprimée en couleurs*. Marges.

BOILLY (D'après L.)

41 — La Crainte mal fondée. — La Surprise agréable. Deux pièces in-fol. faisant pendants, gravées, par Mixelle.

Très belles épreuves *imprimées en couleurs*. Remargées. Rares.

BOILLY (D'après L.)

42 — La Douce impression de l'harmonie. — Suite de la Douce impression de l'harmonie. Deux pièces in-fol. faisant pendants, par Wolff.

Superbes épreuves *imprimées en couleurs.* Marges.

BOILLY (D'après L.)

43 — Honny soit qui mal y pense. In-fol., par Bonnefoy.

Belle épreuve avec l'adresse de Lenoir. Marges.

BOILLY (D'après L.)

44 — Jouir par surprise, n'allarme pas la pudeur. In-fol., sans nom de graveur.

Très belle épreuve en couleurs. Marges.

BOILLY (D'après L.)

45 — La Leçon d'union conjugale. In-fol. en travers, par Petit.

Très belle épreuve en couleurs. Marges.

BOILLY (D'après L.)

46 — Nous étions deux, nous voila trois. Grand in-fol., par Vidal.

Très belle épreuve. Marges.

BOILLY (D'après L.)

47 — La Douce résistance. — On la tire aujourd'hui. Deux pièces in-fol. faisant pendants, par Tresca.

Très belles épreuves en couleurs. Marges.

BOILLY (D'après L.)

48 — On la tire aujourd'hui. In-fol., par Tresca.

Très belle épreuve en couleurs avant la lettre. Marges.

BOILLY (D'après L.)

49 — On nous voit. In-fol. en travers, par Petit.

Très belle épreuve avant la lettre. Marges. Rare.

BOILLY (D'après L.)

50 — L'Optique. Grand in-fol., par Cazenave.

Superbe épreuve. Marges.

BOILLY (D'après L.)

51 — Première Scène de voleurs. — Deuxième Scène de voleurs. Deux pièces in-fol. en travers faisant pendants, par Gror.

Superbes épreuves *imprimées en couleurs*. Marges.

BOILLY (D'après L.)

52 — La Solitude. Petit in-fol., par Darcis.

Superbe épreuve en couleurs avec toutes ses marges. Rare.

BOILLY (D'après L.)

53 — Le Sommeil trompeur. — Le Réveil prémédité. Deux pièces in-fol. faisant pendants, par Wolff.

Très belles épreuves en couleurs. Marges.

BONNET (L.)

54 — Buste de femme. In-fol., d'après Boucher.

Très belle épreuve *imprimée en couleurs* en imitation de dessin aux crayons. Marges.

BONNET (L.)

54 *bis* — L'Espoir d'un heureux jour. Petit in-fol., d'après Bounieu.

Très belle épreuve *imprimée en couleurs*. Sans marge.

BONNET (Publiée chez)

55 — La Flèche de l'Amour. In-4°, pièce gracieuse, d'après J.-B. Huet.

Très belle épreuve *imprimée en couleurs*. Découverte. Marges.

BONNET (L.)

56 — Marie-Joséphine-Louise de Savoie, comtesse de Provence. In-fol. de forme ovale, par Bonnet.

Superbe épreuve *imprimée en couleurs*, en imitation de dessin aux crayons. Marges. Rare.

BONNET (L.)

57 — Têtes de Femmes. — Deux pièces in-fol. en médaillons ovales, avec encadrements, d'après Le Clerc.

Superbes épreuves *imprimées en couleurs*, en imitation de dessins aux crayons, par un procédé inventé par l'auteur. Marges.

BOREL (D'après A.)

58 — La Faute est faite, permettez qu'il la répare. — Vous avez la clef... mais il a trouvé la serrure. Deux pièces in-fol. en travers, par Anselin.

Très belles épreuves, la première avec toutes ses marges.

BOREL (D'après A.)

59 — J'y passerai. In-fol. en travers, par de Launay.

Superbe épreuve, avec toutes ses marges.

BOREL (D'après A.)

60 — Le Mariage conclu. In-fol. en travers, par de Launay.

Très belle épreuve. Marges.

BOSIO (D'après)

61 — Bel de l'Opéra. In-fol. en travers, pièce capitale du maître.

Superbe épreuve en couleurs. Marges.

BOSIO (D'après)

62 — La Bouillotte. In-fol. en travers, pièce intéressante sur les mœurs et les costumes.

Superbe épreuve en couleurs. Marges.

BOSIO (D'après)

63 — Le Lever des ouvrières en linge. — Le Coucher des ouvrières en linge. Deux pièces in-fol. en travers, faisant pendants.

Superbes épreuves en couleurs. Belles marges.

BOUCHER (D'après F.)

64 — Le Dénicheur d'oiseaux. In-fol. en travers.

Superbe épreuve, avant toutes lettres. Petites marges.

BOUCHER (D'après F.)

65 — Le Départ du courrier. — Le Retour du courrier. Deux pièces in-fol. de formes ovales équarries, faisant pendents, par Beauvarlet.

Superbes épreuves, avant la lettre, portant au crayon la signature autographe du graveur. Marges vierges. Rares en cet état.

BOUCHER (D'après F.)

66 — L'Oiseau privé. Petit in-fol., par Flipart.

Très belle épreuve.

BOUCHER (D'après F.)

67 — SILVIE FUIT LE LOUP QU'ELLE A BLESSÉ. In-fol. de forme ovale équarri, par Lempereur.

Très belle épreuve. Petites marges. Rare.

CARESME (D'après)

68 — LE BAISER NAPOLITAIN. — LE BAISER RENDU. — LA COLOMBE CHÉRIE. — LE REFUS INUTILE. Suite de quatre pièces petits in-folio, par Flipart.

Très belles épreuves. Petites marges.

CARESME (D'après)

69 — LE REFUS INUTILE, par Flipart.

Très belle épreuve. Marges.

CHALLE (D'après)

70 — LA DÉFAITE. In-fol., par Marchand.

Très belle épreuve. Petites marges.

CHALLE (D'après)

71 — FINISSEZ! In-fol. de forme ovale équarrie, par Marchand.

Superbe épreuve à toutes marges.

CHALLE (D'après)

72 — LE PREMIER BAISER DE L'AMOUR. In-fol., par A. Le Grand.

Superbe épreuve *imprimée en couleurs* Marges.

CHEESMAN (T.)

73 — La Jeune Mère. In-fol. ovale, d'après Westall.

Superbe épreuve en bistre. Grandes marges.

CHEVAUX (D'après)

74 — Le Tendre engagement. In-4° en médaillon, par Legrand, publié chez Bonnet.

Très belle épreuve *imprimée en couleurs*. Marges.

COCHIN (D'après C.-N.)

75 — Mademoiselle Clairon, célèbre actrice de la Comédie-Française. Petit in-4° de forme ovale équarri, gravé à l'eau-forte par Schmidt.

Très belle épreuve d'un portrait rare.

COSWAY (D'après M.)

76 — Portrait de Maria Cosway. Petit in-fol., par J. Fatou.

Très belle épreuve imprimée en bistre, les chairs en en rouge. Petites marges.

DEBUCOURT (P.-L.)

77 — La Rose mal défendue. (M. F., n° 27.) Petit in-fol. en réduction, par Bonnemain.

Très belle épreuve. Petites marges.

DEBUCOURT (P.-L.)

78 — Fraternité. (M. F. n° 42.) In-4°. Troisième pièce d'une suite de quatre.

Très belle épreuve du 1er État, avec la signature de Debucourt, à la pointe sèche. Marges.

DEBUCOURT (P.-L.)

79 — Les Visites. Pièce publiée le 1er jour du XIXe siècle. — L'Orange ou le Moderne jugement de Paris. (M. F., nos 65 et 66.)

Deux pièces in-fol. en travers, faisant pendants. Très belles épreuves en couleurs. Marges.

DEBUCOURT (P.-L.)

80 — La Coquette et ses Filles ou Une Mère a la Mode. (M. F., n° 149.) In-fol. en travers.

Superbe épreuve en couleurs, avec toutes ses marges.

DEBUCOURT (P.-L.)

81 — Les Courses du Matin ou la Porte d'un riche. (M. F., n° 173.) In-fol. en travers, publié en 1805.

Superbe épreuve en couleurs. Marges.

DEBUCOURT (P.-L.)

82 — Barrière de Bercy. — Barrière des Champs-Élysées. — Barrière de Charenton. — Barrière du faubourg Saint-Martin. (M. F., nos 206 à 209.)

— Barrière de Ménilmontant. — Barrière de Vincennes. Suite de six pièces in-fol. en travers, d'après Palaiseau (les deux dernières par Schwarz).

Très belles épreuves en couleurs. Marges.

DEBUCOURT (P.-L.)

83 — Le Courrier anglais. (M. F., n° 370.) In-fol. en travers, d'après Carle Vernet.

Très belle épreuve en couleurs. Petites marges.

DEBUCOURT (P.-L.)

84 — La Marchande de poissons. (M. F., n° 380.) In-fol., d'après Carle Vernet.

Très belle épreuve en couleurs. Grandes marges.

DEBUCOURT (P.-L.)

85 — Route de Saint-Cloud. (M. F., 405.) In-fol. en travers, d'après Carle Vernet.

Très belle épreuve en couleurs. Marges.

DEBUCOURT (P.-L.)

86 — Les Aveugles. (M. F., n° 407.) In-fol. en travers, d après Carle Vernet.

Très belle épreuve en couleurs. Grandes marges.

DEBUCOURT (P.-L.)

87 — La Main chaude. (M. F., n° 522.) Grand in-fol. en travers.

Très belle épreuve. Marges.

DEMARTEAU (G.)

88 — VÉNUS ENDORMIE. In-fol. en travers, d'après Boucher (nº 161).

Très belle épreuve imprimée en sanguine.

DEMARTEAU (G.)

89 — AMOUR. In-fol. en travers, d'après Boucher (nº 219).

Superbe épreuve *imprimée en couleurs* en imitation de dessin aux crayons.

DEMARTEAU (G.)

90 — GROUPE DE TROIS FEMMES NUES. In-fol., d'après Boucher (nº 260).

Très belle épreuve imprimée en sanguine.

DEMARTEAU (G.)

91 — VÉNUS COURONNÉ PAR LES AMOURS. — VÉNUS DÉSARMÉ PAR LES AMOURS (Nos 378 et 379). Deux pièces petit in-fol. en travers, d'après Boucher.

Superbes épreuves *imprimées en couleurs*, en imitation de dessins aux crayons. Rares.

DEMARTEAU (G.)

92 — PASTOTALES (Nos 486 et 487). Deux piéces in-4º de forme ovale, avec encadrements, d'aprés Boucher.

Superbes épreuves imprimées en deux tons. Marges.

DEMARTEAU (G.)

93 — Femme nue (N° 552), étendue à gauche sur une draperie. Petit in-fol. en travers, d'après Boucher.

Très belle épreuve *imprimée en couleurs*, en imitation de dessin aux crayons.

DEMARTEAU (G.)

94 — Pastorale (N° 584). Petit in-fol. en travers, d'après J.-B. Huet.

Superbe épreuve *imprimée en couleurs.*

DEMARTEAU (?)

95 — Femme nue couchée retenant un amour, s'apprêtant à saisir deux cœurs enflammés.

Très belle épreuve *imprimée en couleurs*, à la manière du dessin aux crayons Sans marges.

DEMARTEAU (?)

96 — Jeune bouquetière debout, les pieds nus, elle tient un bouquet de fleurs de sa main gauche, un panier est passé dans le bras droit. Petit in-fol. dans le genre de Demarteau.

Très belle épreuve à la sanguine. Sans marges.

DEMARTEAU (?)

97 — Vénus et l'Amour. Deux pièces petit in-fol. en travers, par Demarteau ?

Très belles épreuves *imprimées en couleurs*, à la manière du dessin aux crayons.

DESRAIS (D'après)

98 — Vignettes pour un Almanach illustré. Suite complète de douze petites pièces tirée sur une feuille.

Superbe épreuve avant la lettre, à l'état d'eau-forte. Toutes marges.

DROUAIS (D'après F.-H.)

99 — Le Faiseur de Chateau de cartes. — Les Bulles de savon. Deux pièces in-fol. faisant pendants, par Marie-Louise Boizot.

Très belles épreuves. Petites marges.

DUCLOS (D'après)

100 — Le Délire. In-4°, par Deny. Charmante petite pièce rare.

Très belle épreuve. Remargée.

DUGOURE (D'après J.-D.)

101 — Le Lever de la Mariée. In-fol., par Trière, faisant pendant au *Coucher de la Mariée*, d'après Baudouin.

Superbe épreuve avant la lettre ; seulement les noms des artistes et les armes au milieu de la marge du bas. Grandes marges.

102 — La même estampe.

Très belle épreuve avec la lettre. Grandes marges.

DUGOURE (D'après)

103 — La Poule au pot. Petit in-fol. en travers, par F. David. Charmante estampe dédiée à la Reine.

Très belle épreuve. Grandes marges.

DUTAILLY (D'après)

104 — On doit a sa Patrie le sacrifice de ses plus chères affections. — Il est glorieux de mourir pour sa patrie. Deux pièces in-fol. faisant pendants, par Coqueret.

Superbes épreuves *imprimées en couleurs.* Marges. La seconde est avant la lettre.

EISEN (D'après Ch.)

105 — Les Désirs satisfaits. — La Vertu sous la garde de la fidélité. Deux pièces in-fol. faisant pendants, par Le Beau.

Très belles épreuves. Petites marges.

EISEN (Ch.)

106 — Projet de fontaine. In-4°. Charmante piéce gravée à l'eau-forte, par Eisen.

Deux épreuves en noir et en bistre. Grandes marges.

FRAGONARD (D'après H.)

107 — Le Baiser. In-fol., par Marchand. Médaillon ovale dans un riche encadrement.

Superbe épreuve avec l'adresse de l'Auteur.

FRAGONARD (D'après H.)

108 — Le Baiser dangereux. Petit in-fol., par Flipart.

Très belle épreuve. Grandes marges.

FRAGONARD (D'après H.)

109 — Le Chiffre d'Amour. In-fol., par de Launay.

Superbe épreuve avec toutes ses marges.

FRAGONARD (D'après H.)

110 — Le Contrat. — Le Verrou. Deux pièces in-fol. en travers, faisant pendants, par Blot.

Très belles épreuves. Petites marges.

FRAGONARD (D'après H.)

111 — La Coquette fixée. In-fol., par Couché et Dambrun.

Superbe épreuve à grandes marges.

FRAGONARD (D'après H.)

112 — La Déclaration.—Le Serment. Deux pièces in-fol., faisant pendants, par Bervic.

Belles édreuves.

FRAGONARD (D'après H.)

113 — Dites donc, s'il vous plait. In-fol. en travers, par de Launay.

Très belle épreuve, avec grandes marges.

FRAGONARD (D'après H.)

114 — L'Éducation fait tout. In-fol, en travers, par de Launay.

Très belle épreuve. Petites marges.

FRAGONARD (D'après H.)

115 — La Gimblette. In-fol. en travers, par Hemery.

Très belle épreuve avant la lettre, mais avec la chemise allongée. Petites marges.

FRAGONARD (D'après H.)

116 — L'Heureuse Fécondité. In-fol. en travers. par de Launay.

Très belle épreuve. Petites marges.

FRAGONARD (D'après H.)

117 — L'Inspiration favorable. In-fol., par Hallou. Médaillon ovale dans un riche encadrement.

Superbe épreuve, avec l'adresse de l'auteur.

FRAGONARD (D'après H.)

118 — Ma Chemise brule! In-fol. en travers, par Aug. Le Grand.

Superbe épreuve du premier État sans aucune lettre, avec le fleuron seulement, dont le cartouche est blanc. Petites marges. Rare.

119 — La même estampe.

Superbe épreuve avec la lettre, *imprimée en couleurs*. Belles marges.

FRAGONARD (D'après H.)

120 — Le Petit Prédicateur. In-fol. en travers, par de Launay.

Très belle épreuve. Petites marges.

FRAGONARD (D'après H.)

121 — Le Verre d'eau. In-fol. en travers, par N. Ponce.

Très belle épreuve, à grandes marges.

FREUDEBERG (D'après)

122 — Le Lever, par Romanet. — Le Bain, par Romanet. — La Promenade du soir, par Ingouf. — Les Confidences, par Lingée. — La Promenade du matin, par Lingée. — L'Occupation, par Lingée. Six pièces in-fol. de la suite de douze.

Superbes épreuves avant le numéro à toutes marges.

FREUDEBERG (D'après)

123 — Le Coucher, par Duclos et Bosse. — La Soirée d'hyver, par Ingouf junior. Deux pièces in-fol. de la même suite.

Superbes épreuves avant le numéro. Belles marges.

FREUDEBERG (D'après)

124 — Le Boudoir, par Maleuvre. — La Toilette, par Voyez l'aîné. Deux pièces in-fol. de la même suite.

Superbes épreuves avant le numéro. Petites marges.

FREUDEBERG (D'après)

125 — La Complaisance maternelle. In-fol., par de Launay.

Superbe épreuve, avec toutes ses marges.

FREUDEBERG (D'après)

126 — Les Époux curieux. — L'Horoscope accomplie. Deux pièces in-fol. en travers, faisant pendants, par Brice.

Très belles épreuves à grandes marges.

FREUDEBERG (D'après)

127 — La Félicité villageoise. In-fol. en travers, par de Launay.

Superbe épreuve avant la dédicace. Marges.

GARNIER (D'après M.)

128 — Ils sont d'accord. Grand in-fol., par Mariage.

Superbe épreuve. Grandes marges.

GREUZE (D'après J.-B.)

129 — Buste de Femme (Mme Greuze?) In-fol., par L. Bonnet.

Très belle épreuve, gravée en imitation de dessin à la sanguine. Marges.

GREUZE (D'après J.-B.)

130 — La Cruche cassée. In-fol., par Massard.

Superbe épreuve de cette belle estampe. Petites marges.

GREUZE (D'après J.-B.)

131 — La Malédiction paternelle. Grand in-fol. en travers, par Gaillard.

Superbe épreuve avant toutes lettres, seulement les armes, portant au dos les signatures autographes des artistes. Marges.

GREUZE (D'après J.-B.)

132 — La Mère bien-aimée. Grand in-fol. en travers, par Massard.

Très belle épreuve, avec marge, portant au dos les signatures autographes des artistes. Marges.

GREUZE (D'après J.-B.)

133 — La Pelotonneuse. In-fol., par L. Cars.

Très belle épreuve. Grandes marges.

GREUZE (D'après J.-B.)

134 — La Voluptueuse. In-fol., par Gaillard.

Superbe et rare épreuve avant la dédicace. Grandes marges.

GUYOT

135 — Action de Joseph Chrétien, qui a remporté le prix de vertu à l'Académie [française. Pièce in-fol, en travers, de forme ovale, avec encadrement équarri et légende, d'après Texier.

Superbe épreuve *imprimée en couleurs*. Marges.

ALBOU (L.-M.)

136 — Le Messager fidèle. In-fol., d'après Lallie. Médaillon ovale dans un riche encadrement.

Suberbe épreuve avant toutes lettres. Petites marges.

137 — La Même estampe.

Très belle épreuve avec la lettre et l'adresse de l'auteur.

HARRIET (D'après F.-J.)

138 — Le Thé parisien, suprême Bon Ton au commencement du XIXe siècle. Pièce in-fol. en travers, par A. Godefroy.

Superbe épreuve en couleurs. Petites marges.

HUET (D'après J.-B.)

139 — Ah! Voyons mon frère! — Donne m'en ma sœur. Deux pièces in-fol. en travers, publiées chez Bonnet, faisant pendants.

Très belles épreuves *imprimées en couleurs*.

HUET (D'après J.-B.)

140 — L'Amour et la fidélité (N° 492). Petit in-fol. en travers, par Demarteau.

Superbe épreuve *imprimée en couleurs*. Marges. Rare.

HUET (D'après J.-B.)

141 — Ce qui est bon a prendre est bon a garder. In-fol., par Chaponnier.

Superbe épreuve avant la lettre. Grandes marges.

HUET (D'après J.-B.)

142 — Le Galant Batelier. In-fol. en travers, par Mixelle.

Très belle épreuve *imprimée en couleurs*, d'une pièce rare. Marges.

HUET (D'après J.-B.)

143 — L'Heureux Divorce. Petit in-fol., par Bonnet.

Très belle épreuve *imprimée en couleurs*, d'une pièce rare.

HUET (D'après J.-B.)

144 — L'Innocence reçoit de l'Amour deux colombes pour exemple de douceur et de fidélité. — L'Innocence couronnant l'Amour. Deux pièces in-fol. de forme ovale, gravées par Wolff, faisant pendants.

Superbes épreuves *imprimées en couleurs*. L'une est remargée

HUET (D'après J.-B.)

145 — La Mort d'Adonis. In-fol. en travers, par Jubier.

Très belle épreuve *imprimée en couleurs.* Petites marges.

HUET (D'après J.-B.)

146 — La même estampe.

Très belle épreuve *imprimée en couleurs.* Remargée.

HUET (D'après J.-B.)

147 — Offrande présentée par l'Amour a la Fidélité. In-fol., par Bonnet.

Très belle épreuve *imprimée en couleurs.* Marges.

HUET (D'après J.-B.)

148 — Le Plaisir innocent. — Le Mouton chéri. (Nos 433-434). Deux pièces in-fol. en travers, faisant pendants, gravées par Demarteau.

Superbes épreuves *imprimées en couleurs.* Petites marges.

HUET (D'après J.-B.)

149 — Portrait de Mme Huet. (N° 483). Elle est représentée, assise, de trois quarts à gauche et jouant de la mandoline. Pièce in-fol., de forme ovale, avec encadrement équarri, par Demarteau.

Très belle épreuve *imprimée en couleurs.* Remargée.

HUET (D'après J.-B.)

150 — Le Printemps. — L'Été. — L'Automne. — L'Hiver. (Nos 632 à 635). Suite de quatre pièces in-fol. en travers, par Demarteau.

Superbes épreuves, *imprimées en couleurs,* d'une grande fraîcheur. Petites marges.

HUET (D'après J.-B.)

151 — Procris tuée d'un coup de flèche par Céphale. Petit in-fol. en travers, par Jubier.

Très belle épreuve *imprimée en couleurs.* Marges.

HUET (D'après J.-B.)

152 — The Balance. — The Sump. Deux pièces in-fol. en travers, faisant pendants, gravées par Bonnet.

Superbes épreuves *imprimées en couleurs.* Grandes marges.

HUET (D'après J.-B.)

153 — Vénus et l'Amour. (N° 576). Petit in-fol., par Demarteau.

Superbe épreuve *imprimée en couleurs.*

HUET (D'après J.-B.)

154 — Vénus portée par un dauphin. (N° 553). Petit in-fol. en travers, par Demarteau.

Très belle épreuve *imprimée en couleurs.*

JANINET (F.)

155 — Mlle RAUCOURT, dans le rôle d'*Orphanis*. — Mme VESTRIS, rôle de *Gabrielle de Vergy*. Deux pièces in-4°.

Très belles épreuves *imprimées en couleurs*, la 2e à toutes marges.

JANINET (F.)

156 — LA RÉUNION DES PLAISIRS. Petit in-fol en médaillon, d'après Le Clère.

Très belle épreuve *imprimée en couleurs*. Rognée.

JANINET

157 — LES TROIS GRACES. In-fol., d'après Pellegrin.

Superbe épreuve du premier état avant toutes lettres et avant les guirlandes *imprimée en couleurs*. Petites marges.

JEAURAT (D'après)

158 — L'EXEMPLE DES MÈRES. In-fol., par Lucas.

Superbe épreuve à toutes marges.

LARGILLIÈRE (D'après NIC. DE)

159 — Mlle DUCLOS. In-fol., par Duplessis.

Belle épreuve. Petites marges.

LA TOUR (D'après M.-Q. de)

160 — Sophie Arnould, de l'Académie royale de Musique, dans le rôle de *Zyrphé*, du ballet de *Zélindor*. In-4° en médaillon ovale, par B. de la Richardière.

Superbe épreuve *imprimée en couleurs*. Grandes marges.

LAWREINCE (D'après N.)

161 — L'Accident imprévu. — La Sentinelle en défaut. (E. B., nos 1-58.) Deux pièces in-fol., faisant pendants, gravées au pointillé par Darcis.

Superbes épreuves avant la lettre, seulement les noms des artistes à la pointe et les armes au milieu de la marge du bas. En bistre. Marges.

LAWREINCE (D'après N.)

162 — La Sentinelle en défaut. (E. B., n° 58.) In-fol., par Darcis.

Superbe épreuve avec l'adresse de Tresca. En bistre. Toutes marges.

LAWREINCE (D'après N.)

163 — La Balançoire mystérieuse. — Les Nymphes scrupuleuses. (E. B., nos 9-42.) Deux pièces in-fol., faisant pendants, par Vidal.

Superbes épreuves avant la lettre et découvertes. Marges.

LAWREINCE (D'après N.)

164 — The Comparaison. (E. B., n° 12.) In-fol., de forme ovale, gravé au pointillé, par Partout. (Copie d'après Janinet.)

Très belle epreuve imprimée en bistre. Sans marges.

LAWREINCE (D'après N.)

165 — Le Concert agréable (E. B., n° 13.) In-fol. en travers, par Varin.

Superbe épreuve à toutes marges.

LAWREINCE (D'après N.)

166 — Le Contretemps. (E. B., n° 15.) In-fol., par Dequevauviller.

Très belle et ancienne épreuve avec la première adresse, celle de l'Auteur. Marges.

LAWREINCE (D'après N.)

167 — Le Déjeuner anglais. (E. B., n° 17.) In-fol., par Vidal.

Très belle épreuve en couleurs. Grandes marges.

LAWREINCE (D'après N.)

168 — Le Directeur des toilettes. (E. B., n° 21.) In-fol., par Voyez l'aîné.

Belle épreuve. Petites marges.

LAWREINCE (D'après N.)

169 — École de danse. (E. B., n° 22.) In-fol. en travers, par Dequevauviller.

Très belle épreuve avec l'adresse du graveur.

LAWREINCE (D'après N.)

170 — L'Heureux moment. (E. B., n° 28.) In-fol., par de Launay.

Très belle épreuve. Petites marges.

LAWREINCE (D'après N.)

171 — L'Hiver. (E. B., n° 29.) In-fol. de forme ovale, par Vidal.

Très belle épreuve *imprimée en couleurs.*

LAWREINCE (D'après N.)

172 — Le Lever des Ouvrières en modes. — Le Coucher des Ouvrières en modes. (E. B., n°s 36 et 16.) Deux pièces in-fol. en travers, gravées par Dequevauviller, faisant pendants.

Superbes épreuves avec l'adresse du graveur. Marges.

LAWREINCE (D'après N.)

173 — Nina. (E. B., n° 41.) Petit in-fol., par Colinet. C'est le portrait de Mme Dugazon, de la Comédie-Italienne, femme de l'acteur de la Comédie-Française, dans le rôle de *Nina, ou la Folle par amour,* par Dalayrac.

Superbe épreuve *imprimée en couleurs.* Marges.

LAWREINCE (D'après N.)

174 — Les Nymphes scrupuleuses. (E. B., n° 42.) In-fol., par Vidal.

Superbe épreuve avant la lettre, mais avec la guirlande, c'est-à-dire d'un état *non décrit*, intermédiaire entre le deuxième et le troisième. Petites marges.

LAWREINCE (D'après N.)

175 — Les Offres séduisantes. (E. B., n° 43.) In-fol., par Delignon.

Très belle épreuve. Petites marges.

LAWREINCE (D'après N.)

176 — Le Repentir tardif. (E. B., n° 52.) In-fol., par Le Vilain.

Très belle épreuve. Petites marges.

LAWREINCE (D'après N.)

177 — Le Restaurant. (E. B., n° 53.) In-fol., par Deni.

Épreuve. Petites marges. Très belle.

LAWREINCE (D'après N.)

178 — Le Retour trop précipité. (E. B., n° 54.) In-fol., par Pierron.

Très belle épreuve. Petites marges.

LAWREINCE (D'après N.)

179 — Les Soins mérités. (E. B., n° 60.) In-fol., par de Launay.

Superbe épreuve. Petites marges.

LAWREINCE (Attribué à N.)

180 — Le Séducteur (E. B., n° 7, des pièces attribuées.) In-fol., sans nom de graveur. Estampe n'existant qu'à l'état d'eau-forte et n'ayant jamais été terminée. Emmanuel Bocher n'hésite pas à l'attribuer à Lawreince pour la composition, et à de Launay pour la gravure : c'est, dit-il, le même intérieur, les mêmes costumes, les mêmes détails d'ameublement que ceux que l'on voit dans le *Billet doux* et *Qu'en dit l'Abbé*, des mêmes dessinateur et graveur.

Superbe épreuve.

LAWREINCE (Attribué à N.)

181 — Le Déjeuner (?). Petit in-fol., sans nom de graveur. Pièce au trait colorié, non décrite. Dans un intérieur, un jeune abbé se penche vers une jeune femme assise près d'un guéridon, sur lequel est servi son déjeûner. Par une porte entr'ouverte, la servante, un doigt sur la bouche, observe la scène.

Très belle épreuve. Remargée.

LE BEL (D'après)

182 — Le Coup de vent. In-fol., par Girardet.

Superbe épreuve avant la lettre. Marges.

LE BEL (D'après)

183 — La Fidélité en défaut. In-fol. en travers, par Hemery.

Superbe épreuve avant l'adresse. Toutes marges.

LE CŒUR

184 — Bon, t'y voila. In-4°., de forme ronde, d'un sujet galant.

Superbe épreuve *imprimée en couleurs*. Grandes marges.

LE CŒUR (Chez)

185 — Jupiter et Jo. — Lindor et Zélia. Deux pièces rondes, sujets galants, faisant pendants.

Très belles épreuves *imprimées en couleurs*. Sans marges.

LE PRINCE (D'après)

186 — Le Bonheur du ménage. — L'Enfant chéai. Deux pièces in-fol. en travers, faisant pendants, par de Launay.

Très belles épreuves. Avec marges.

LE PRINCE (D'après)

187 — L'Épagneul favori. — La Rose choisie. Deux pièces petit in-fol., faisant pendants, par Bonnet.

Superbes épreuves *imprimées en couleurs*. Rares.

L'ÉVEILLÉ (D'après)

188 — L'Agréable Musicien. — L'Aimable Musicienne. Deux pièces in-4°, de forme ovale, par L. C. (Le Campion), faisant pendants.

Superbes épreuves *imprimées en couleurs*. Marges.

LEVILLY (Par et d'après)

189 — L'Heureux Présage. Petit in-fol.

Très belle épreuve en couleurs. Grandes marges.

LONGUEIL (De)

190 — Le Concert champêtre. In-4° en travers, d'après Ch. Eissen.

Très belle épreuve. Petites marges.

LONGUEIL (De)

191 — Le Printemps. — L'Été. — L'Automne. — L'Hiver. Suite de quatre pièces in-4° en travers, d'après Ch. Eisen.

Superbes épreuves avant toutes lettres. Petites marges. Rares.

LOUVET

192 — L'Amusement de l'Enfance. In-fol. en ovale dans un cadre ornementé, d'après Moles.

Très belle épreuve. Marges.

MARIN (L.) (Bonnet)

193 — The Milk Woman. In-fol., de forme ovale.

Très belle épreuve *imprimée en couleurs*. Sans l'encadrement.

MARTINET (Publié chez)

194 — Quel est le plus ridicule? In-fol. en travers. Trois pièces intéressantes pour les costumes figurant le contraste des modes de 1801 et 1806.

Très belles épreuves en couleurs.

MIXELLE

195 — La Diseuse de bonne aventure. — Les Joueurs. Deux pièces petit in-fol. en travers, faisant pendants, d'après Smith.

Très belles épreuves *imprimées en couleurs*. Petites marges.

MOITTE (D'après)

196 — Le Consommé. — L'Écueil de l'Innocence. Deux pièces in-fol., faisant pendants, par Deny.

Très belles épreuves. Marges.

MOITTE (D'après)

197 — L'Infidélité reconnue.—Le Jaloux endormi. Deux pièces in-fol. faisant pendants, gravées par Dambrun et Vidal.

Très belles épreuves. Grandes marges.

MONNET (D'après)

198 — Les Baigneuses surprises. In-fol., par Vidal.

Très belle épreuve avant la lettre et avant la draperie.

MOREAU LE JEUNE (D'après)

199 — Exemple d'humanité donné par Mme la Dauphine. Petit in-fol. en travers, par Godefroy.

Très belle épreuve, avec une grande marge

MOREAU LE JEUNE (D'après)

200 — J'en accepte l'heureux présage. In-fol., par Trière.

Très belle épreuve. avec le numéro et les lettres A. P. D. R. Grandes marges.

MOUCHET (D'après)

201 — La Méprise. In-fol., par Macret et Anselin.

Belle épreuve. Petites marges.

NAUDET (D'après)

202 — Le Sérail parisien, ou le Bon Ton de 1802. Pièce in-fol. en travers, par Blanchard.

Superbe épreuve en couleurs. Marge.

PASQUIER (D'après)

203 — La Diseuse de bonne aventure. — L'Escamoteur. Deux pièces in-fol. en travers, faisant pendants, par Morette.

Très belles épreuves en couleurs. Marges.

PETERS (D'après de)

204 — L'Amour maternelle (*sic*). In-fol., par Chevillet.

Très belle épreuve avec grandes marges.

205 — Le même sujet, par Jennard.

Très belle épreuve. Petites marges.

QUEVERDO (D'après)

206 — Les Amours de Bocage. — Les Baigneuses champêtres (*sic*). Deux pièces in-fol. faisant pendants, par Dambrun.

Très belles épreuves avec une grande marge.

QUEVERDO (D'après)

207 — Le Repos. In-fol., par Dambrun.

Très belle épreuve avec toutes ses marges.

QUEVERDO (D'après)

208 — Le Sommeil interrompu. In-fol., en travers, par Dambrun.

Superbe épreuve avant la dédicace. Marges.

RUOTTE

209 — La Première course de l'Enfance. In-fol., d'après J. Condé.

Superbe épreuve en couleurs. Marges. Rare.

RUSSELL (D'après)

210 — Tom and his pidgeons. — The favourite rabbit. Deux pièces in-fol. en travers, par Knight, faisant pendants.

Superbes épreuves *imprimées en couleurs*. Marges.

SERGENT (D'après A.)

211 — Ah ! mon ami, sans toi, ils m'entrainaient. Petit in-fol., par P. de Machy.

Très belle épreuve *imprimée en couleurs*. Petites marges.

TANCHE (D'après N.)

212 — Les Désirs naissant (*sic*). Petit in-fol., par Le Beau.

Superbe épreuve avec grandes marges.

TOUZÉ (D'après)

213 — Les Amusements dangereux. In-fol., par Voyez le Jeune.

Très belle épreuve. Grandes marges.

VANGELIOTY

214 — Mlle Caroline Wuïet. In-fol. en travers, d'après M. de Romany.

Très belle épreuve avec toutes ses marges.

VANLOO (D'après)

215 — Le Coucher. In-fol., par Porporati.

Superpe épreuve avant la lettre, avec signatures des artistes au crayon.

VANLOO (D'après Carle)

216 — Conversation espagnole. — Lecture espagnole. Deux pièces in-fol., faisant pendants, par Beauvarlet.

Très belles épreuves. Petites marges.

VERNET (D'après Cle)

217 — Chasse au renard. Suite de quatre pièces in-fol. en travers, par Levachez.

Très belles épreuves *imprimées en couleurs*. Sans marges.

VOYEZ (Le Jeune)

218 — Le Petit favori. In-fol. d'après Mlle Castellas.

Superbe épreuve avec toutes ses marges.

WATTEAU (D'après Ant.)

219 — Le Bain rustique. In-fol. en travers, par A. Cardon.

Superbe épreuve avec toutes ses marges.

WATTEAU (D'après Ant.)

220 — L'Enjoleur. — La Folie. — Le Frileux. — Le Vendangeur. Suite de quatre pièces arabesques, par Aveline et Moyreau.

Superbes épreuves à toutes marges.

WILLE fils (D'après)

221 — Les Délices maternels. — Les Soins maternels. Deux pièces in-fol. faisant pendants, par A.-G. Wille.

Très belles épreuves avec grandes marges.

WILLE fils (D'après)

222 — La Nouvelle affligeante. In-fol. par Cathelin.

Superbe épreuve avec grandes marges.

WILLE fils (D'après)

223 — La Petite ouvrière. In-fol.

Superbe épreuve avant toutes lettres. Grandes marges

www.ingramcontent.com/pod-product-compliance
Ingram Content Group UK Ltd.
Pitfield, Milton Keynes, MK11 3LW, UK
UKHW020438180726
13839UKWH00004B/1560

9 782329 393094